奥越奥話

十六の詩と断章

目次

I 奥越奥話

II　遊山遊詠

写真◉井上喜代司

I　奥越奥話

山の墓

帰命無量寿如来《きみようむりようじゆにようらい》……。母の在所は、福井県大野市上庄村佐開《さびらき》。荒島岳は佐開登山道口のある、世帯数三十余の小集落である。母は、いつからとなし病み臥しがちになるや、わたしら姉弟にことあるごとに懇願するのだ、ちゃんとよう聴き置いておいてや。わが家の墓碑は町方の寺にある。ふつう参るのは、そこの墓である。だがのう、うらが死んだら分骨して埋めて、きっとや。ええやろ、あそこ荒島さんの裾の峰は佐開の山のあの墓へのう、ええのう。母が長逝したのは年も押し詰まった師走の瀬。享年九十一。そのようなしだいで年明け二月最終週末、四十九日開け納骨をすることになった。墓があるところは、母の生家が持つ山の中腹は傾斜の急な巌《いわお》の一角、祠《ほこら》めくそこである。前夜来の降り激しく当日朝、積雪は深く、吹雪が舞った。寒暖計は下がりつづけ、零下幾度を指していたか。ときに杉の枝が雪をドサッと振り払い落とした。全員がゴム長靴だった。ダウンで身を固めていた。当方と弟がスコップで除雪し踏みかため、綿入れに僧衣の生家の跡取り叔父が先導で、姉が樒《しきみ》束と骨壺を提げ、どれほどか当の墓の前に立っていた。そうして掘り出した石室に骨壺を納め入れるのだ。汗が噴く、息が白い。暗く、凍る、穴へ……。母は、なんでまたこんなところで眠り入りたかったものなのだろう。冷え、凄く、寒い……。ときにがたがたと胴震い大きく雪を踏み固めるようにして、叔父が朗々と読み上げる正信偈《しょうしんげ》に額を伏せて瞑目、するとしぜんとあの日の光景が瞼の裏に浮かんでくるのだ。あれはいつだったか、いやたしか訃報の三週か以前ぐらいだか、そこらのことだった。母の容態急変の報に急遽帰省。とうとうそのときがくることになった。そういうことで親不孝者は担当の医師と医局で子細面談するのであった。延命措置のたぐいは、こののちこれを、一切固辞ねがいたい。胃瘻や人工呼吸器ほかの処置を望まない旨を伝えた。南無不可思議光《なむふかしぎこう》……。法蔵菩薩《ほうぞうぼさつ》因位時《いんにんじ》……。いたずらな延命はぜったいに患者の尊厳からもこれを御免ねがいたしと。それをきき若い担当医は事務的に用箋の説明し署名捺印を求めていった。「なにかとお忙しいでしょうけど、いまあなたが上の兄さんですね、もうすこし足をはこばれては?」。こちらはすべてを母と同居の嫂に世話を任せっぱなしだった。これにはただもう頭下げつづけるばかり、このときじっさい覚悟してきたのである。きょうがおそらく最後となるのであろうと。医局を後にし、ひんやりした外の空気を吸いこんで、しばらく若い看護婦に導かれるがまま、病床に佇んだ。これでもっておしまい今生の別れになるのだ。母は、ひっそりと仰臥していた。それとなくだが胸が上がり下がりしている。どこかでひょっとすると息をしていないのでは、とそんなふうにひそかに怖れてもいたのである。顔にはだけどももう生気らしきはなかった。ムスコさんよ、いつものように少しベッドを上げましょうかね、オカアさんね。点滴のパック。スパゲッティ患者といわれる、いっぱいのコードが各種の機器に幾本もつなげられている、そのような事態ではなかった。鼻孔のチューブ。看護婦の説明に、うわのそら、生返事を幾度か。そこにただそうしているだけ、声を掛けようが、声が返ってくる、わけでもないというのである。どうにも致し方ないのだ。看護婦が出ていった、御対面の刻となった。こちらムスコさんの姿がわかるのかないのか。オカアさん、見えているのかないのか、じいっと窓のほうへ、目をやるようにしていた。少し暖房が強い。温気に煙る窓際へ寄った。窓を肘で拭う。四階の病室の下、凹凸の低い家並み。雪を載せた寺の甍《いらか》。寒空の遠くはるか、ぼうっと霞む稜線。白山、真ん中を抜き真っ白く光り美しい、それは四十代初めだか、脚も強く気も若い母が頂を踏んだ、白山。そうしてその手前には荒島岳、母が裏山と呼ぶ、荒島さん荒島岳がのぞまれる。
在世《ざいせ》自《じ》在王仏所《ざいおうぶつしょ》……。

　覩《と》見諸仏浄土因《けんしょぶつじょうどいん》……。むろんここ佐開も浄土真宗信仰が根強いところだ。母は、はっきりといって熱心な信者とはいえなかった。わたしらの早く亡くなった父すなわち夫についてはその月命日のときぐらいしか仏さんに華を供えていない。だけどそれでもさすがに長兄と次兄に先立たれる逆縁後はよく仏壇に正座し合掌するのがみうけられた。などとぼうっと拝聴する叔父の読経は少時以来の修練の有難いものであった。それは信心深い佐開のバァの猛特訓による。となんとおかしい、このことの関わりで思われてきて、ならないのったら。当方、バッちゃん子だったのだ。バァのしなびた乳を吸ったおもいはない、だがまあ、幼い日よりバァをとおし習い諭されてきた。もうニッポン全国の食卓のどっこにも、こんなへんな前代の遺風はみられない。バァは、三度の膳に必ず飯粒を二つ三つほど、のこす。バァは、孫に説き聞かせた。悪業の報い地獄に迷う亡者ら、それはあすのわが身のことでもあれば、ふびんな、餓鬼に一口、あげんと。バァは、その昔ジィの死の際、孫の問いに答えた。バァのう、死んだジィは、何処へ行ったのう。ツトのう、死んだジィは、裏山へ行ったのう。母は、そんなジィバァらの娘ならば終わりの願いもまた同じになるのだろうか。帰らんところは、やはりこれが叶うことならば、生まれたところ。そのようにひそかに心にしてきたものやら。いやここにあればそうである、産土の岳のよろしさ、ジィバァら兄弟のダレソレら、血縁に包まれてある、いつもしっかりとあたたかく。あるいは夕には煮炊きの煙があがるだろう、そうして朝には幼児らの声がはじけつづく。母は、だからしまいに残るわたしら姉弟三人にしだいを托したのであろう。往く身を、荒島さん、彼の山へ、是非とも、と。鳴る鉦の音。経を読む声。国土《こくど》人天之《にんでんし》善悪《ぜんまく》……。

――ドサッ、枝から落ちる雪、ドサッ……

アァー、アァー……、ずっとうるさく鳥が鳴きやまなく
いつになくひどく寒い午で墓は雪を重たげにのせて
みるところ三尺九十センチ余りもっとあろうか
ときにこんなところで何をされておいでになって
ほかならぬ亡母四十九日開けであればいま
かじかみながら墓の穴の奥へ骨を納めたのである
しんしんと雪が降りしきるきり、アァー、アァー……

アァー、アァー……、なんでそんなに鳥がわめくのやら
なんともいえず泣きたいほど冷えまさりつづくなか
しんどくも墓は山麓の集落からえっちら
おっちらつめて標高四百メートル強ではきかないだろう
ほんともう剣呑な山腹の巌にあるという

まったく足のうらから頭のてっぺんまで凍りつく
まだまだやまず降りつづくのか、アァー、アァー……

アァー、アァー……、かたかたと歯が噛み合わないよう
どんよりとした空をうらめしげに眺めやったりして
ひたすら雪は暗くのがれるにのがれがたく
いやただもうただ降りにふり積もりにつもること
いやおうもなく雪は辛くあるばかり
そんなふうに幼いときから刻みつけさせられてきた
みんなしんしんと黙りこくっていた、アァー、アァー……

白峰かんこ踊り

「かんこ踊り」の歌は、古雅で気品の高いものと珍重されている。雪をかぶった白山をバックにした清澄な部落風土での、女体賛美は、またこよなく美しく、ヨーロッパの名画なにものぞである。

『日本春歌考』添田知道

郷里の奥越大野は遠く、白山山域の盆地の町だ。ガキどもは遙か山の彼方にあるだろう都会へ夢を拡げつづけた。だがそのいっぽうで山奥の深くのどこかに、ときかされる謎の集落にもひかれたものだ。人外魔境？里の村とは異なる山の民らが棲むと伝わる怖い界。大蛇やら狼や人食い熊らが跋扈《ばっこ》する。そこはそう、白山山麓は前人未踏の最深秘境に、あるのだと。あの幼時の紙芝居のおどろおどろしい異界譚の毒々しさ。荷車運びのジィや出商いのバァの法螺噺。生家は酒舗であり、商売柄だろう、人足の出入りが、滅法多かった。山間から出稼ぎでくる、いかつい顔付きの男衆。うちにわたしら歳の近い三人の兄弟と特に親しい両人がおいでだった。一人は、旧大野郡は白山南麓の美濃禅定道の天領地、石徹白《いとしろ》のオサジィ。さきにこの剛毅な鉄砲撃ちの熊退治は拙詩にしている。*であらたに登場とあいなるのはいま一人のジィである。このかたが加賀は白山御前峰（二七〇二メートル）を背負う白峰村のヨシジィ。白峰の深くは河内《こうち》谷（昭和六三年、無人）の出。オサジィとおなじ旧い言葉でいえば目に一丁字《いっていじ》もないかただだった。

わたしらには、まずジィの白峰弁（にゃーにゃー弁。のちにこの隔離した特異語に当てる言語島なる用語の存在を知らされた）が面白かった、こんなぐあいだ。「ぎらら（うらら）がややこ（こども）のころは白い米が口に入ったことなどなかったにゃー。もっぱら稗と粟を喰っとった……。人家のないところが十里ももっとつづく。それであれやにゃー、郵便配達が鉄砲を担いで一週間に一度来た、ものでないかにゃー。雪がでかいこと降っちゃけ……」。ジィが、すこし酔って囲炉裏端（これが、わが生家は町屋だが、あった）で語りだす。機嫌よろしいときの口癖。そんなときわたしらは、せがむのであった。かんこ踊りを。こいつを何度きいただろう、幾十回幾百回、てんでに声合わせて、〽モータリ　モータリ　モータリナ……、なんて囃子をいれて。「わっら（ぼうら）にゃー、そんなせがむのなら、いまからやらせてもらうけど、ようでけんかもなあ、ぎららにゃー」。ヨシジィの喉はすばらしい。だがなんでガキがそんなにも聴き惚れのぞんだものだろう。しゃがれて艶なそのひびき。

いわれるような美声というものではない。どういうのか、なんとなし脳天から突き抜けて甲高くつんざく、そんなぐあい。ああいうのを小節がきいたというのやら。うららかにも声をしゃくり上げつづけるようす。たしかにガキどもにも喉のよさはわかる。だがかんじんかなめ、それがどんな詞ではあるのか、どんなような思いのものやら、ちんぷんかんぷん。だけどのちに教えられたのだ。養老元年（七一七）六月、白山の開祖泰澄《たいちょう》大師が、白峰は市ノ瀬の笹木何某を伴い登山した。それから幾日たっても下山されない。村人らが心を痛ませ、途中まで迎えに登った。そうするとその暮れどき修行をおえた大師さまが神々しいお姿であらわれた。村人らは、それを見て歓声を上げ、手を振り、足を踏み鳴らし、持っていた「かんこ（蚊遣火）」を打ち振って歓喜で踊ったというのが起こりだと。しかしガキどもは知っていたのである。そんなのはまあ体裁のよいまことしやかな由来ばなしでしかない。ぜんたいまるでべつもの。それはそれこそ大師さまが顔赤らめられるような。おおっぴらあけっぴろげ。とんでもないバレ哥《うた》まがいなることを。このことではオサジィの喋くりの落としどころとおなじ。うらら男はのう、十五になると若者と呼ばれ、若者頭にたのんで仲間に入れてもらう。うららは先輩からいろいろと村のことを、講や祭や、ときには面白い遊びというか悪さについて教えを受けたものや。「ワルって？　ヨバイ。アレのう！」

ヨバイ？　このことの繫がりで、これは忘れられない。じつはジィの連れ合いが亡くなられた。そのとき長兄の肩代わりで高校三年生の当方が通夜に参じている。ただいま現在も一般に慣行とされる、通夜振る舞いなる故人を偲ぶ宴席。たしかにいまは簡素にはなっている。それがわたしらの郷里にあっては一晩がかりの飲食をともなう夜伽がきまりであった。だけどその夜にみたそれは、いやびっくり初めてだった。いまもこの地のどこかで行われているか。これがほんと奇なる送り方なのであった。粗末な十畳大の一間。参集の十数人の爺婆ら。むろんのことお坊主さんもおられた。みなさんが一升瓶を傾け御機嫌なあんばい。にゃーにゃーの盛り上がりぶりったら。どれほどかしてなんと、そんなジィが眠る奥さんに添い寝するのを目の当たりに、させられていたのである。〽河内の奥は朝寒いとこじゃ……、〽モータリ　モータリ　モータリナ……。そのしゃがれた一声が合図のようだった。みるとそろりとジィが眠る奥方の布団に入ろうというのである。するとてんでに爺婆らが囃子をいれること。〽お十七八の　乳ならにぎりたや……、〽モータリ　モータリ　モータリナ……。まあそれからはいうたら乱痴気騒ぎつづきといってもいいやら。いやこのときあんさんもにゃーと一同唱和させられることになったのだった。〽まんまるこて軟《や》こて　握りよてかとうて……、〽モータリ　モータリ　モータリナ……。そのときの、ジィの身のくずし、十の指の動き、ジィの目のつかい、それがもう。なんともいえないものだった。

――〽砂糖《さと》もち饅頭《まんじ》握るよな……、〽モータリ　モータリ　モータリナ……

＊「オサジィ」（『子供の領分―遊山譜』）

〽河内の奥は朝寒いとこじゃ……
ヨシジィの出は、白山御前峰の西麓
手取川源流部、越前禅定道の僻村白峰
最深の市ノ瀬近くの小集落のひとつ、いまやもう
無人となって跡形すらもない、河内谷であった
〽御前の風を吹き降ろす……

〽高い山を光るもな何じゃいな
お月か星か蛍の光か
今来る嫁の松明《たいまつ》か　ア
今来る嫁の松明ならば
さしゃげて（さしあげ）ともせやさ男

〽河内の奥に　煙が見える……
ヨシジィは、ひどい白峰弁のためか、話し下手だが
歌は上手く、かんこ踊りのジィと呼ばれていた
手取川ほかダム現場渡りの人足で、大酒飲み
酔えばしゃがれ声、はりあげ唄うのだった
〽いねや出て見や　霞か霧か……

〽お十九をしょじゃこ（ほしいか）
二十《はたち》をしょじゃこ
盆帷子《ぼんかたびら》の袖しょじゃこ　ア
お十九もよいし　はたちもよいし
盆帷子の袖もよい

マキバァ

当方の郷里奥越大野の僻村、上穴馬村《かみあなま》（現、大野市）。そこはわたしら町の洟垂れらにとっては戦後も少しまえまで山奥の深くふかくにある謎の集落でありつづけた。ガキどもは穴馬も上のほうには、みたこともない異なる山賤《やまがつ》らが棲んでいるのだと、きかされて熱く心躍らせたものである。そこはほんとわたしらに、古事記に登場する「生尾人《いくおびと》（尾の有る人）」が棲息する異世界、そのものだったのである。マキバァは、どうやらそんなところに生まれ育ったらしくあるのである。どうやらというのはほかでもない。バァの親らが山を渡り歩き生きる衆だった。だからそんなふうにいうしかないからだ。かくしてそれはいつ頃のことなのだろう、そのさきバァらが居着いた同村最奥地の地区をはじめいったい、どこもかしこも消えていまはないという。すっかりダム底深くふかく沈められて跡形ないのである。昭和三十七年、九頭竜川総合開発事業着手。これがスタートで流域全体が突貫工事のラッシュとなる。ときに国道筋は川沿いの朝日地区が工事基地に決定される。そういうのでこの小集落に三千五百人もの工事関係者が大集結することになった。かくして雑貨食品はもとより、バー、飲み屋、パチンコ店、はては映画館まででき、ときならぬ街衢《がいく》を現出し殷賑をきわめる。

巨大ダムの工期は調査から完成まで長期にわたる。出力KW《キロワット》から桁違いであり、莫大なる工事関連費用が地元を潤すのだ。むろんもちろんそのお陰で町の経済は上り坂いっぽうというしだい。いやまあその賑わいぶりたるや。土建同様で酒屋商売も、どこもかしこも町中がにわか成金なりきりまがい、宴会気分の大盤振舞い。ほんとうにお祭よろしかった。こりゃいい商売になると、酒舗を営むわが兄は早速、それじゃと支店をおいた。そんなのでこちらも休暇ともなると強制、寝泊まりつきで手伝いさせられることに。となんともそこに山を追われたマキバァが番に雇われてきていたのだ。それがバァとの腐れ縁のはじめという。いやほんと山人というほかない、矮軀で縮れ毛のねこのこべんたま（せまいひたい）で出ッ歯の狐顔、なんてもう容姿のきわだちよう。それでもって歳をくときまって、うらはひばりちゃん（美空）と同じ歳やってのうというが、ひばりのおっ母さんぐらいだろう。バァがよく働くのったら。ビール箱を自転車やリヤカーの荷台に積んでデコボコ道を幾度も往復するわ。三度の飯もたいてくれ、風呂も沸かしてくれる。バァが夜に忍び込んでこないか。なんては御冗談だが悩みは山菜採りである。いやぁ朝の山の誘いはうるさかった。

春は、セリ、ミツバ、フキノトウ、ノビル、タラの芽、コシアブラ、タケノコ……。夏は、ウワバミソウ、イワタバコ、フキ、ヤマモモ、ヤマグワ、キイチゴ、ヤブカンゾウ、シソ……。それらを得意先に卸して副収入とする。店は朝に開けてなければ、あんちゃん、そろそろ起きやのうと、こちとらを、山へ連れ出すのだった、いつもきまって。さあさっさと行くからうらはって、その脚がめっぽう速いの、いやほんとう猿《ましら》のごときさまったら。バァ、置いてかんでのう。バァ、待ってくれんのう。高校山岳部員のこちらがバァの尻（尾が無い？）を追い掛けるだけで精一杯汗百斗。バァは、そのゆくさきざき止まり教えてくれるのだ、食べられる実、蜂の子、渓の魚の堰き止め漁、沢の蟹、血を止める草、などこれはのうと手に取るようにして。ときにうしろを振りかえると、このような景があったものだ。あたり流域のいったい。家を捨てるように、札束をみせられ、強要されたはて、村を離れていった。たくさんの村民がいた。眼下、そこはそのさきのどの集落のなんという地区であったところか。道路や堤防跡や乾き罅割れた分校跡や廃屋。みせつけられるそれは言葉でいうにいえない惨状でこそあった。わけても残骸を曝す廃寺である。朽ちてカランと口をあけたまま強ばってある社。跡かたもない山門。錆びたトタン。崩れた石垣。壊れた土蔵、崩れた沓形《くつがた》、波うつ屋根。外れた戸板。コンクリート塊。草ぼうぼうの境内。扁額《へんがく》。腐った畳。落ちた梁。朽ち果てた板の間を、天井を破りいきおいよく真っ直ぐ、空に突き抜ける竹。落ちた瓦。傾《かし》いだ柱。床几《しょうぎ》……。

マキバァ……。いまにして思えばうらは、こちらは、バァから学んだのだ、たいせつな山のなんもかも、えっぺえ（いっぱい）。それはさてさいごに会ったのはいつだった。たしか平成初めの盆休みの帰省時だった。

それからときをへてあれは、九年か前の春の彼岸、そこらのことでなかったか。どうにも欠礼できない法事があった。それでもってこのとき墓参のシキミを買いたく朝市にバァのもとへ。するといつもの所場に日に焼けた皺の深い出っ歯の狐顔がみえない。でどこだかのバァが筵に坐っておいでなさる。マキバァやってのう？　だんなはん知らんのかのう。あれは去年の秋口かのう。いつといったかのうシキミを採りに行った山で冷たくなっていたんやって。なんなさん（仏様）になってのう。きくところがのう、八十七か八十八、だったのではのう。マキさんの家？墓はどこって？　バァは、隣の筵のバァに訊く。どうやら独り住まいしていた借家ははように取り壊されたし、墓はないのやって言っていたのでは。うららは知らんのう。だんなはん役所にいらしたら？　このときこちらはどう頷きかえして礼におよんでいたものか。ただふらふらと市をひやかし歩いていたようだ。マキバァ、やっぱりのう山へ召されたかのう、マキバァ……。あそこあの朝日のバラック小屋まがいの映画館で二人して観たのう。館主ヒラさんの顔パスでのう。ひばりとの結婚で人気沸騰、小林旭「渡り鳥シリーズ」第八弾は最終作。いまもちゃんとしっかりと瞼にきざみついているかのう。

——マキバァ、ひばりちゃんと同じ歳やったのやのう、マキバァ……

マキバァは山の民の裔だ
バァの出は九頭竜川上流最奥の上穴間村
祖先さんは焼畑や籠作りや狩猟や蛇取りや
山窩《サンカ》まがいの生活をしていた
バァは小学校も行ってない

のちに町へ出て来てからは
近場の山で刈り取ったシキミの束
それを朝市の筵に並べて売っていた
シキミは俗に仏前草と呼ばれ
仏の供養用に飾られる

里人は多く浄土真宗の篤い信徒で
仕入れに一銭もいらず客様には重宝される
また春はワラビやゼンマイ秋はキノコやヤマノイモ
そうかと蝮を取ってきて蝮酒を造るなど
山の捧げ物を町で売り口を糊していた

マキバァは何ごとも上の空だわ
「うらは、字が読めんのやでのぅ」
おってぇ（うとい）のやのうなんて
あばさけた（たわけた）ことをのたまうのだ
「なんもかも、山の神だのみでのぅ」

銀竜草

——鉱物の精。光の届かない地の世界の美。

「西の魔女が死んだ」梨木香歩

蒸し暑い入梅の山を歩く。暗い林の中を、頭を下げ辿る。眺望のぞめず、汗が目に痛く、憂鬱なかぎり。そんなときふと足許に蠟燭のような、ふしぎな一群を発見することがある。とてもというほど珍しいものでもないが、だがふつうあまり目にすることはない。——銀竜草《ぎんりようそう》？　銀ノ、竜ノ、草ダ！　なんてそれが目に付いたりすると、おぼえずしらず膝を突いたりして、もうつくづく眺め入ったりする。これが、いやじつに奇怪きわまる植物なのである、ほんと。なんともこれらは光合成をしないというのだ。そんなわけで光合成に必要な葉緑素がないらしい。だからなのだろう樹影の暗い病葉のそこここに、ひっそりと竜《たつ》の落とし子よろしげに、ただようふう頭擡《もた》げ白く群立しているのである。花茎は多肉質で上向きに鱗片葉が互生する。茎頂に俯きかげんに花冠を垂れるぐあい。草丈の長さは十センチから十五センチ。めったにないことではあるが、めぐまれて折よくあらば銀竜のごときその気高なるさまを拝めることが、あるいはできるかもしれない。

しかしながら難しくあるのだ。だいたいから水晶《クリスタル》の光のときはというと、それはとても条件が厳しくあるのである。いましも勢いよく伸びざかりの、いっときは透き徹ってすっと、まことに妖しくも艶なるようす。それがなんともはかないことに、そのような一瞬に出会す機会はめったに、ありうることではないのである。それこそなにごとであれ、美しきときは、瞬きの間、短くにすぎる、ということわりなのだろう。朝の紅顔、夕の白骨。だけどそれにしても無残なるありよう、なんとなしちょっと胸塞がれるしだい。むごいのったら時機を逸すると泥や塵まみれのこぎたなさ、それこそ蠟が涙を垂らすさま、ほんとうあたら花茎や花まで虫に食われてしまいぼろぼろ。なんだかとんでもない黴菌に蝕まれたようなさまったら、おどろおどろしげな森の幽霊《ゴースト》になってしまったというか。あんまりなまでの変化ぶりったらない。

ハンディな山草図鑑にもみえる。銀竜草は、鱗片が密集した茶色の地下茎があり、ベニタケ属の菌類から有機物栄養を吸収する腐生植物の一種と。「【腐生植物】生物の遺体やその腐りかけたものを栄養源とする植物。腐生する菌類・細菌類をも含めることがある。ギンリョウソウ・ツチアケビなど」（広辞苑）。外形は透明感がある白色だが、その硝子細工めく、内部に紫色の色素がある。花茎は多数が集まり、それぞれ枝分かれせず、先端に一輪の花をつける。じつをいうとその花なのである。これがなんというか覗いてみればびっくり、なんともどうにも怪しいとでもいうような。いいようがない色なのである。そこをよくよくみて、草木染めのそれでいうと、藤色と古代紫の中間、桔梗色とでもみるほうが、ふさわしくあるかも……。というところにきて、いきなり急に話が飛ぶのだが、なんといったらいい。じつはそれをみつづけていると、おぼえなく想い出されてきて、とめどなくなってしまうのである。どういうあんばいなのか。それとなくひとりの幼い日の友のことをいつもきっと。いまいかにされていよう。

秦康君。長く生死定かでない、むろんのこと音信も無いのだが、ときにふいと、わけもなく脳裡に浮かんだりする、小学校の友のことだ。郷里は越前、奥越の大野。その町方の外れのほうに「塚が千塚、道が千筋、狐が千疋」といわれた塚原野《つかはらの》の新田開拓地区なる一画が拡がる。ここの開拓は満州事変後の農地開発営団というところが、ときの義勇軍訓練生ほかを動員して着手してきたときく。戦中はそれが男の手がなくて中断。敗戦後、満州や朝鮮からの引き揚げ者、都市で家を焼かれた離郷者や疎開者らが、食糧増産の目的で入植。あわせて六十四世帯が約七十ヘクタールの荒蕪地を、裸一貫で喰う物も喰わず鋤鍬を振るってきた。康君の家であるが、美濃との県境は石徹白《いとしろ》川上流の僻村から、半島に渡ったとか。きくところ奥地の村の二、三男は数多く外地へ出たというが。そのとおり彼の家も同様で父親は引き揚げ船中で病み没したらしい。母ひとり、子ひとり。このとき母子はそう、開拓村住宅、人呼んで疎開長屋の一軒、そこに仮寓していた。ただくわしいことは、おなじクラスの誰ひとり訪ねていないので、よくはわからないが。いつもなんとなし、チャンバラごっこもユキガッセンもしないし、ひとりぼっちだった。

秦康君。そのことをいったい、どういったらいいか？　いわゆる白子《しろこ》であった。でわたしらガキは「しらっこ」と呼びさけるようにしていたものだ。白子は、先天的に皮膚、毛髪、目などのメラニン色素を欠く遺伝子疾患（先天性白皮症《せんてんせいはくひしょう》、先天性色素欠乏症）。そのために目は血液が透けて赤く見える障害がみられる。ほかにもさまざまな症状がみられるらしい……。そこでこの疾患をめぐって。このことはずっとのちに知ったのであるが、それこそ紀元以前より「Albino（アルビノ）」として生物全般にわたり、ごくふつうにひろく認められるそうである。ところでその存在についてだが、そのまれなること神の子と崇められるべきと、おそれてきた文明もあるという。それとはちがうだろうが、いうならば銀竜草は植物界のアルビノ、みたくにみえてならない。というようなしだいでこの草をみると康君がしぜんと浮かんでくるとおぼしくある。いまごろどこかでまだお元気にしておいでになろうか……。体育の時間は校庭や講堂のはじっこ、そこだけがなにか空所のようなあんばい、ぽつねんと片隅の定席に膝組む康君。しかるにガキは馬鹿でしかなかった。いやどうにも救いようがない。ほんとうまるで無知もよろしかった。それにつけてもまったく残酷きわまりなかったといおう。わたしらはことあるごと康君をいたぶるようにしたのだ。わいのわいのと囃したてたてあかない。
——ヤッツちゃん、白子や、しらっこ……

うす暗く湿気た林中の病葉を踏む足許
びっくりみると白蠟燭まがいのふしぎな銀竜草
この命名は鐘形の花冠を竜頭と見立てて

スイショウランともユウレイタケともいうが
まれにしか水晶の蘭にあう僥倖に巡りあえない
どうかすると多く幽霊の茸もどきばかり

だけどその花茎のうちの仄明かりぐあい

おぼえず桔梗色の珠めく眼球状の花をじっと
のぞくにつれその顔が浮かんでならなく

いやもうどうにも胸が塞がれてならない
開拓村は疎開長屋に住む母子家庭の秦康君
康君は体育の時間は色付き眼鏡で見学

町の洟垂れっ子らは口々に囃したてた
ヤッツちゃん因果や生まれ付き因幡の白ウサギ
白子や　しらっこ　赤目や　あかっめ

千里馬

越前の飯降山《いぶりやま》、これは東どなりの荒島山《あらしまやま》と背くらべをして、馬のくつの半分だけ低いことがわかったそうであります。それゆえにこの山でも、石を持ってのぼる者には、一つだけは願いごとがかなうといって、毎年五月五日の山のぼりの日には、かならず石をもって行くことになっております。（郷土研究一編。福井県大野郡大野町）

「山の背くらべ」柳田國男

「山の背くらべ」。これはこの国のどこでも語りつがれる話なのだろう。本題に添えた柳田さんの一文でも多く事例がのる。たとえばわれらが母なる霊峰白山にもこんな話が加賀白峰にのこっている。白山と富士山とが背くらべ、樋をわたして水を通すと、水が白山のほうへ流れようとした。でそれを見ていた白山方の者がわらじを脱いで樋のはしにあてがった。すると折よく双方が平になった。それからは白山へ登る者は片方のわらじを山の上に置いて帰らなければならなくなったと。なんとも白山と富士山をくらべて標高差がわらじ片方とは片腹痛くあるが。樋とわらじという、ごくごく身近な杓子というか、秤のほどのよろしさ。山こそ実りの源。そこいらは神代よりの山人一如をいう伝承のあらわれ。いずこであれ里に恵みをもたらす山をいとおしむ民の願おうところ。いうならばおらが山自慢、山贔屓のおおらかさだろう。

飯降山。このとても有難い山名はというと、白山の開祖、泰澄大師が、当山で修業の間中、三度三度のご飯が天から降ってきた、という伝説による。またべつの言い伝えに、昔この山で三人の尼が修行をしていたところ、毎日飯が降ってくるようになったが、いつの日からちの一人がそれを一人占めしようと考えるあまり、つぎつぎと二人を深い谷に突き落としたら飯が降らなくなってしまった、という誡め噺もある（参照「まんが日本昔ばなし」）。わたしらの先祖さんらはそう、ひそかに山の神様は里人の行いぶりを、みておられると訓導してきた。そこにきて越前いったいは、浄土真宗の篤い教化圏だ。飯降山は、そこからこの里の信徒に西方浄土を夢見る縁《よすが》となってきた。さらにその頂はというと、大野の町割（地割）の際の山当て（目標）とされ、五穀豊穣をもたらし、健康長寿をつかさどる、それはもう有難い霊峰として里人に崇拝されたよし。飯降山、木曽は御嶽山信仰の名残か里人呼んで、御岳山《おたけさん》。ついてはわが祖母などは朝夕のきまりに、西方に直面し、まずもって飯降山に合掌したものである。ナム、ナム、アン……。そうしてつぎには東方に直り荒島岳に向かうのであった。ナム、ナム、アン……。

西には飯降山（八八四メートル）、わたしらの町は山に囲まれている、東には荒島岳（一五二三メートル）。山容全体からしても、前者は柔和で女性的。大野富士といわれる、後者は豪毅で男性的。いうならば、飯降山は妹、荒島岳は兄、となろうか。みられるようにこの相対する二つの標高はくらべるべくもない。そんな「馬のくつの半分だけ低い」はない。などとはさて里の者は年頃を迎えた子弟の健やかな成長を頼む心あってだろう。じつになんとも東京オリンピック前後あたりまでか。わたしらの里人の間に山人一如信仰が根強く生きていたこと。むろんいまとなってはこんな前時代的な学校行事などおこなわれてないだろうが。小学高学年から中学全学年。それがいつもこの特別なる日には競って重い石を負わせ山巓へ向かわせたものである。高くなれや、御岳山……、御岳山、高くなれと……。

このことでは当方におよぶなら、ずっとひどく虚弱だったのだ。小学四年生まで寝小便をするわ、くわえて赤面恐怖症だという、可哀想な保健室学童であった。五月五日。そんなこんなでその当朝ともなるとなんとも、母親長兄がしめしあわせ無理矢理、ずっしりくるのを背中にさせられるのである。だけどもそのあらたかな霊験よろしくあったあかしか。こちらは小六春頃ぐらいから、どんどんとがたいが頑丈になりはじめること、こっぺな（生意気な）柔道少年になっていた。なんと中二で県体柔道個人優勝し表彰された。それがしかし柔道ではなく、三年生の五月五日のこと、なんと一本取られている！　ぜったいに忘れられない、金輪際、しっかりと忘れないでいる。じつはこちらには特別、おまえにどうしても確かめておきたかった、胸中にひめたことが……。

金山《かなやま》良枝《よしえ》。朝鮮名、金良枝《キムヤンジ》。彼女の家は町外れの同胞の住む一角。トンチャン（ホルモン焼き）屋であった。良枝は、成績、性格、ともに良かった。そうして容貌もしごく。教室ではしかし孤立しがちだった、だがわが酒舗の上得意で配達にゆくと、当方となにかと冗談をいいあった。たがいに憎からず想っていた。いやそれ以上の感情があった。まあ噂も立った。それがときになぜあんな、えっけぇ（でかい）石臼大のやつを、もってきたものであろう。良枝はただもう、薄笑いするだけ。どうにも解せなかった。でそのときの心がわかったのは、じつはつぎの月のはじめだった。みんなきいて、金山がのう、国に帰る、ことになって、突然にのう……。ホームルームの時間、担任の三宅嵩先生が一言、声詰まらせていた。なにがどういうことなのか、在日朝鮮人の帰還事業、わからないがそれでだとか。一九六〇年六月某日、京福《けいふく》電鉄、京福大野駅発（現在は廃止）、早朝一番電車、プラットホーム。ざあざあ雨が降っていた。あたりは白く靄っていた。先生と、クラス代表として、当方が、良枝ら家族を見送った。ほかに帰還組に二家族がいた。いくたりかの同胞らが万歳して肩組あわせ声上げはじめた。チョゴリを着た婆さんの皺の顔がくしゃくしゃ。ときにこちらはふとその歌が口を衝いてでそうなのをとめた。そうだ、千里馬《チョンリマ》、それだ。いつだかそんなのを良枝のオヤジにならっていた。ベルが鳴る発車の、ピーと走る電車が。ときにおぼえず車窓こしに声張りあげていた。ずぶ濡れになり、ひた走りながら。
——良枝のう、いうてくれやおまえの、「一つだけは願いごとが」、とはなんだったのや、良枝のう……

五月五日はこどもの日
わたしら奥越大野の有終中学校においては
じつはこの日の学校は休みなどでなく
ちょっと特別な行事があった

盆地の西方の一峰は飯降山
そのさき先祖らが木曽の御嶽山にあやかり
神宿る聖なる峰の意味を込めて呼ぶ
御岳山へと登拝するのだ

その際にみんなは石ころ
それもそんなできるだけえっけぇやつを
リュックの底の方にしのばせて
汗だくになり辿ってゆく

でその一年目はさて二年生のとき
なんとこちらは漬け物石ぐらいもある
三貫をこえるのを背負ってへっちゃら一番
やるのうと級友らを驚倒させている

そいで三年生のとき四貫余りある
そいつに喘ぎ登るも涙を呑まされた
口惜しくもあっぺこ（なかまはずれ）良枝《ヨッペェ》
金山良枝のあの石臼大のやつに

風花

風花が目に　別れ候べく候　　折笠美秋

郷里の大野は、越前の奥をいう奥越と呼ばれる一〇〇〇メートルを越える峰々に囲まれた、盆地の町だ。当方、高校時代は山岳部員。それでしばしば周りの山奥深くを探ったものである。大野盆地を取りまく両白山地の一座で荒島岳と並ぶ名峰経ヶ岳《きようがたけ》（一六二五メートル）。町の北東に聳える白山より古い火山、県境の山は三ノ峰（二一二八メートル）を除くと福井県内の最高峰。わたしらにこの山は格別な峰でありつづけた。いうならばわれらがクラブ・マウンテンでこそあったのだ。町側から仰ぐ山麓の噴火泥流により形成された六呂師《ろくろし》高原の眺めの素晴らしさ。山名は、養老元年（七一七）、泰澄大師によって拓かれた麓の平泉寺白山神社、白山信仰の越前禅定道の拠点（越前馬場《ばんば》）、同社が天正二年（一五七四）、一向一揆により焼き討ちに遭った際、神官が経文をこの山頂に埋めた伝説に拠るとか。

二〇一五年一〇月二六日。早朝六時、登頂開始、肌寒くいまにも雨か雹の降りそうな曇天。このとき火口壁上に尖る頂に合掌、南六呂師から唐谷《からたに》に取り付き、噴火火口跡の池ノ大沢へ至る登山道へと、一歩を踏みだしていた。昨今はおもに駐車場をそなえ整備された保月山《ほうづきさん》コースが利用される。それをわざわざ？　いまやもう登る者も稀な旧い径を辿ろうという。ゆくさきざき道標もないのでは。それどころか踏み跡もないときく。しかしながら、その昔にたびたび踏んだこの径のほかは考えられなく行くぞ、となっていた。どうしてそんな？　それはいやそう、想い出したくない遠い日の辛くも哀しすぎる想い出、そのためなのだ。その胸のうちを明かすのは難しい。というかこっ恥ずかしいようで、いやどうにも口ごもってしまう。だけどここで腹を括ることにする。

サッちゃんに片想いしていた。ほのかな恋心をだいていた。しかしなんでこの人が心を病む身となったものか。そのさき少時にきいた。憑き筋？　あそこの血は非科学的なことか、わからぬが二代にわたって、つづいた近親結婚の祟りなそう。十一人の子沢山。いま一家はというと廃絶した。うちの二人だけが健常という。だけどときにいまだサッちゃんに症状はみられず山岳部員であり（いったい山の何にその心が魅されたか）、でその引力により当方入部とあいなったというしだいである。憧れのサチ姉と行をともにする。いつどこの峰でも愉しかった。だけどいったいなんという、卒業間際に福井の専門病院へ入院、ということになったときく。以来今日までまったくの音信不通……。それが昨夏に法事で帰省した折に偶会した、当地に残る健常な一人の妹から耳打ちされた。サチ姉さんはのう、だまっていたけど十三年前亡くなっているんや、ガン患っていてのう。もうずっと苦しみ悩みつづけだった、だからのう死んで良かったのや、と。

むろん誰とも会わない。崩れ激しければ、引き返しつづき。徒渉すること二度。だんだんと勾配は険しく、どれほどか急登に喘ぎつづけ。登り切って樹林を進むと広く平らな湿地。池ノ大沢なる火口底である。ここからは山頂が間近に見上げられる。美しい、しかしなんと、空しい。しばしゆくりなく、そうしてとめどなく、夏休みに野営した一夜、そのことがつぶさに、しのばれてならない。ぱちぱちと燃えあがる炎、キラキラと光るサッちゃんの、眼のつよい輝きといったら。このとき宙を流れた天の河のきらめき。いまも瞼の裏にある。ひんやり風が吹きそよぐ。みるみる雲が湧いてくる。するとひどく寒く凍えてならない。おそらく零度かそこらかそれ以下であろう。かたかたと歯の根があわない。丈高いダケカンバや、ヤハズハンノキの疎林。枝が撓い、葉が騒ぐ、径を急ぐ。いったいぜんたいなんの科があって良い魂ばかりが呪われなければならない……。切窓という名で呼ばれる鞍部。ここから最後の登りへあと一踏ん張りである。ずっとササヤブの海を漕いでゆくばかりだ。とちらほらと見上げる空から雪片が舞いおちてくる。風花《かざはな》?

登頂正午。長大な尾根を派生する山頂から、指呼の間に赤兎山、後方に白山、別山。加越国境は銚子《ちようし》ヶ峰、薙刀《なぎなた》山、野伏《のふせ》ヶ岳の峰々。大野盆地を隔てて荒島岳、後方に能郷《のうごう》白山。足下には、われらの町がひろがり三六〇度のパノラマが飛びこんでくる。はずなのであるが、だがやっと辿り着いた頂はというと、なんということか。いやひどい吹き曝しもいい風が唸るありさま。もうとてもじゃないが三分間もとどまっていられない。即刻、来た径を戻る、撤退。それにしても、なにをやって、おいでなのか。ほんといいころかげん、ニキビヅラのガキンチョ、でもあるまいというに。ずっともうやるかたなく、シャウトしハミング、したりしてゆくのだった。

――♪帰れ帰れ　もう一度……

十六十七のガキの時分によく山歩きをした
ときのはやりの山の歌集よろしくいえば青春の峰
われらが一番の頂それは経ヶ岳であった
そこに半世紀余りへて晩秋早朝ひとり
おぼつかなげに古希のジィが靴音もうつろにして

白い息の棒を吐き立ち止まり頂を仰ぎ

そのさき幼い日から淡く想いこがれた
いまはもういない遠戚の一つ年上のサッちゃん
わが山の娘ロザリアなる俤を瞼にし

散り敷くカエデやナナカマドの紅い葉
やがて昔の野営地は懐かしい火口底の池ノ大沢
見上げるとちらほら風花がちらほら

よろけへたり辿りついた頂はというと
ごおっごおっと風が空を搔き吹き捲らんばかり
ぱらぱらと霰がササの葉をはらっていた

岩魚

囲む火に岩魚を獲たる夜はたのし　石橋辰之助

今秋、産土の白山御前峰へ登拝。これが恒例とする心積もりが九年ぶりか。前夜、南竜《みなみりゅう》ヶ馬場《ばんば》泊。早朝出発、御舎利《おしゃり》山から別山を往復、千振《ちぶり》尾根下降。なんとも遅く八時間近く掛かるとは。いやはやもはや若い高校山岳部員の俤はいずこなりだ。たしかあの頃はそれの半分の時間ぐらいで下ったのでは。それこそいまのトレランのはしりのごとく。なんてもう古希爺にはかなり、ならぬ実際、限界ほんと、たいへんな強行軍もいいのだ。下山も終わり疲労困憊、ばてばて、足が棒、へたへた、岩屋俣谷の橋の手前。すこしばかし河原に出て休息しようかと。それはそう、瀬の中ほどの砂州を目指し石づたい飛び渉る、そのときだ。エイッとばかり石を跨ぎこさんとした。するとそんな流れから少し離れたところそこに、どれほどか大きめのビニールプールの広さぐらいか、なんともほど良い感じの溜まりがあった。何？　とふっとそのとき目の隅をかすめたのである。なにぶん一瞬のことだ。あいつあれは……。なにかと浅い水の底になんなのか、ついー、ついー、というふうに走る魚の影らしきが。ひょっとして……。しかとは明言できない。何？　はっきりとではないが。だがみたところ、それらしく特色の白と赤の斑点めく模様が暗緑色の背部から側面に多く散らばるよう、あったはずだ。そんなふうみたかった。何？

イワナ！　なんでそんなまた魚種までも一瞥でもってわかるのか。そりゃこちらが渓流魚にかぎって、ガキ時分から、ちょっとだけど一家言あるからだ。そんなのでまずもって絶対にもう間違うはずがないとする。こちとら当方であるが、白山山系を水源の一つにする九頭竜川も上流の盆地、その奥も越前奥越大野の産なる、まったく山家《やまが》もんである。ほんとう山家の河童ってとこ。イワナは、深山幽谷のふかくに棲むこと、渓流の王、谷の精霊、幻の怪魚、などと呼ばれる超希少種。いうならば、山の神の贈り物、でこそある。イワナの生息条件はきびしい。水温十五度以下と冷たく、年間を通して水量が安定して、盛夏の渇水期に、水が枯れるような沢には棲まない。餌は、トビゲラ、カワゲラなどの水生・陸生昆虫、獰猛でサンショウウオ、カエル、ネズミまで捕食。なんと二尺大の超大物もいる。でもうがぜん血が騒ぐというのか。いきなりわからない、そんな突然ガキ的戦闘モード突入という、へんなことになった。いやほんとう気が違ったみたいに。そうよそうだ、やつを手づかみ、するとすべえ。魚は、危険を感じると石の隙間やまた草の根方に逃げ隠れる習性がある。それを利用して素手でとる。わがガキ時代の原始的ながらも、いちばん効率的な漁法であった。魚を手で捕まえる。いや難しい。人の手は網でない。上流域では、ウグイ、ハヤ、アユ……。この順で捕らえ方が難しく揚げ数が少ない。やるぞと急ぎ背のザックを置いている。登山靴を脱ぐ、ズボンを、シャツを、腕時計を外す。でそうっと水のなかへ脚を入れている。ひゃ冷てぇ！

いまだダム工事がなかった。どこでも河川がまだ河川らしく流れそそいでいた。そうして洟垂れがまだ洟垂れらしく駈けまわっていた。のどかなる戦後もしばらく。夏休みともなると、母の在所は上庄村佐開、九頭竜川支流は真名川で、川遊びにあけくれた。そこにはアユの群れがそう、川の面が銀の色に光る、それほど夥しくいたものだ。えっけぇ（でっかい）、やつがぴんぴんと音を立て跳ねあがるあんばい、えっぺぇ（いっぱい）。ガキらは、畚褌《もっこふんどし》ひとつ、ふつうは手製の函メガネ（函底にガラスを嵌め込んだメガネ）で川底をのぞき、アユを手製の鉄砲ヤス（ゴムバネ仕掛けの飛び出しヤス）で仕留めるのだ。むろんヤスも簡単なものでない。だがその上にくるのが手づかみだ。これはアユを、石の間に追い込んで手で直に、つかむものだ。アユは、姿形からして敏捷そのもの。だけどもこちらは中学生になると手づかみの名手としての名をいただいていた。「ツトはのう、はしっこい（すばしこい）、えっけぇの、ぎょうさん、えっぺぇと、ちゃまえる（つかまえる）、ヤツやのう」。そうまでいわれたのである。であればぜったい昔とった杵柄というもの、そりゃずいぶん老いぼれもしたが、だがいまだ腕はまだ現役でなまっていない。あたりまえであろうそんな。やったろうやないか。ちゃんとこの手でつかまえたる。まあものみせたるから。

イワナ！　それはさて別格なのである。こいつらは最上流に棲んでいて、やたらと警戒心が強いのである。釣り師は呟く。水の面に人の影が写る。それだけでその日は一匹も釣れなくなると。だからそんな手づかみなど考えられない。別格殿はむろん、初体験なるのだ。だがいまは逃げられない溜まりにいると。石の間のそのほう、そのさき目星を付けておいた、身を隠したとみた。そこへそっと腕を忍びこませる。息を詰める、探りを入れる。いや、さわる、いる……。とそいつが掌にふれる、ぬるりとした感触の一瞬つかまえたかと、つとすり抜けている、いらいらとした一触の反応もなまなまと、はっきりと触れている。いる、さわる、いや……。九月なのに手の切れるような、かちかちと歯が噛み合わないもう、猛烈なる水の冷たさったら。いや腕も脚も震える。まあちゃんと掌に納まってくれん。ほんとそのなんとも人を弄ぶようなさまはったらどうだ。まったくどういったらいい。てまえのごときなにごとからも逃げまわってばかりいるしかない、どうにもしようもないやつ、そんないただけないやからの胃に収まりたくないというようか。いつもこすっからく誰かの顔色をうかがっている。でもって卑下するかと横柄にでて、尻馬乗りのはてきまって、落馬騒ぎをやらかすよな、ノミの金玉のような小心なやから。あげくがことあれば逃げの一手にでるしかない。でたらめで愚図もよろしい。ばかなやつにやすやすと捕まってたまるものかという。そんなような魚心であろうか。なんてそんな格闘はてることしばらくふと、今回捕物劇と同じ状況でそう、あれはいつか十五年前頃かやらかした、荒島岳鬼谷《おんたに》で同じ失態それを、こそばゆくも想起させられているのだった。*

――だちゃかん（だめだ）！　どくしょな（ひどい）！

＊「イワナ（岩魚）」（『嬉遊曲』）

とうとう捕まえたぞ、さいごやっとこやりました
ぎゅっと右掌に鰓蓋《えらぶた》、そうして手づかみの要諦
勘所なること怠りなく、尾《お》鰭《ひれ》を左掌につかんでいた
ほほがほころぶにっこりと、おぼえず齧るまねを

ぴくぴくと跳ねる、尺余りといいたくある
がだがそれは願わしき心のすること、手前ハカリ
ヒイキ目盛、であって正しくは小さいもっと
どうみても七寸、くらいなのだが跳ねる

とんでもなく勢い良いやつであった、いやほんと
油断は許されないはずが、なんでそんな握る掌
少し緩めかげんにした、いやそのことが誤り失敗
だなんて、ただもう後の祭りというしまつ

ウワッアア、ばかにつける薬はないってこと
滑るかとそう、ニューエージ・スパコンがみせる
ストップ・モーションよろしく、躍らんばかり
あーあっなんて声もうつろ、ポッシャン……

冬の旅

〈老夫婦火葬場心中、遺言状送っていた〉

福井県大野市の使われていない火葬場の焼却炉で焼身自殺した老夫婦が、大野市役所に「遺産はすべて市に寄付します」との遺言状を郵送していたことが9日、分かった。…………。旧火葬場内の焼却炉で白骨化した遺体で発見された無職沢田定栄さん（80）の署名が入っていた。／沢田さんは妻貞江さん（82）と2人暮らしで、子や孫はいなかった。…………。大野署の調べでは、旧火葬場近くの住人が7日、大音量のクラシック音楽を流してエンジンをかけたままの無人の車がとまっているのを不審に思い通報。駆けつけた署員が焼却炉の中から白骨化した2人の遺体を発見した。自宅から旧火葬場までは数百メートルだった。／6日午後から7日未明まで、自宅を出てから焼却炉に点火するまでの行動が淡々と記されたガソリンの給油伝票7枚が車中に散らばっていた。「午後4時半、車の中に妻を待たせている」「午後8時、妻とともに家を出る」。車で兄弟宅や思い出の場所を回って焼却炉にたどり着いた。「妻は一言も言わず待っている」「炭、薪で荼毘《だび》の準備をする」「午前0時45分をもって点火する。さようなら」。車からクラシック音楽を流しながら一緒に焼却炉に入った2人は同日午後、見つかった。

（「日刊スポーツ」２００５・11・10）

大野市街より東へ五キロほど入った九頭竜川の上流は富田地区の小集落七板《ななといた》（六十三世帯、人口百八十四人、二〇一五年度調査）。二〇〇五年十一月七日午後、Aさんは、農作業の帰り掛け、クラシックの曲が流れつづけるのに耳を開かされた。どこから聞こえるのか。田圃の一角の墓地。そこに一台の車が止まっている。行き掛けにも、車を目にした。そのときはやり過ごした。しかし昼になってもある。すさまじいボリュームでもって、場違いな楽曲、それがガンガンとひびいている。Aさんは、ふっと目をやる。墓地の中のブロック土台レンガ造りの平屋。長年封鎖された「旧火葬場」。近寄ってみると、むっとするような、熱気をおぼえる。ひょっとして？　通報で駆け付けた大野署員により、観音開きの鉄扉が開けられた。となんとも目を疑う、あらかた灰と化したよな、がさがさの骸が二つ！　車内に残る給油伝票の七枚の綴り。そこにその裏に記されていた。「午前0時45分をもって点火する。さようなら」

焼死体は、沢田定栄さん、妻貞江さん。夫婦、ともに七板に生育した。両人の家からほんの近くにたがいの生家が建つ。定栄さんは、次男で田畑を譲り受け分家、新妻を迎え入れた。当時数多くない恋愛結婚だった。夫婦の間に子供は無い。結婚一年後、めでたく男の児を授かったが、生後一週間で病死。それから後は子宝に恵まれなくも、それは評判の仲良し夫婦だった。しかし貞江さんが七十七歳のころ、持病の糖尿病が悪化し歩行困難に。定栄さんは、洗濯や食事の用意など家事を一切、一人でやる。出掛けるのもいつも一緒。幸せな翁媼そのものに映るご両人。だけど貞江さんが認知症になる。そのうち夫を三十年前に亡くなった母親と思うまでに。「そうよのう、この人は、わたしの、お母さん、なんよのう」

それはさて「旧火葬場」とはなにか。わたしらの町部では公営火葬場で遺体が焼かれ、それぞれ寺内の先祖代々の墳墓に収まる。ごくあたりまえの埋葬のしかたである。だけど町中のそれと異なっていて、在のほうでは三十年ほど前までは集落ごとに、七板と同様、地区の共同墓地に火葬場があり、ふつう一般にひろく使われていた。このことに関わって浮かんでくる。わたしらの中学校の近くにもそう、やっぱり火葬場があって、いつとなし授業中に煙がたなびく。ありゃきょうもお焼き揚がりなさるのうと。でこちらはよく馬鹿をこいていた。「うらがニヒルに世をはかなむようになった、そりゃ、あれやあの煙をみすぎたせいでないかのう」。だけどなんで「旧火葬場」だったのやら。そこらをどういったらいい。いまやどんな明日もおぼつかなくなったご両人さんのこと。おふたりともご先祖をはじめ集落の誰彼もここで火葬されておいでだ。それならば自然にごくしぜんにそう決意したしだい。ふしぎでもなんでもない。ここでこの場で灰になろうかのうと。それにつけても気になってならない。記事にある「クラシック音楽を」という一節。どうしてそんな挙におよんだのやら。しかしなんでまたそんな、山里の爺さんらしからぬなんとも乙な葬送、とおいでなられたものか。いったいそれは誰のなんという曲であったろうか。どうにもそのことが頭に回ってやまないったら。こちらはこれに違いはないと決めているのだった。ほかでもない、それはそうだ。十一月の七日、立冬の日決行。そのことから、だからである。

——冬の旅（Winterreise　Op.89）*

Am Brunnen vor dem Tore
Da steht ein Lindenbaum:
Ich träumt' in seinem Schatten
So manchen süßen Traum.

中空に真っ白い白山の光る頂
荒島岳に飯降山に経ヶ岳に銀杏峰
周りの千メートル超の稜線は雪化粧を急ぐ

扇状地を蛇行する九頭竜の河原
朝に薄氷を張り枯れ薄も凍る

この産土の郷の山河に育まれ
田畑を耕し共白髪の傘寿を迎えた
でおそくとも晩秋にはときめていた
そのいつか自らを荼毘に付さんとせん
それがもう立冬となっている

なんという鳥かいま啄んでいる
庭の柿の木に一つ熟れ残る木守柿《きもりがき》
もうあしたにも雪が降りだしはじめ
たちまちくる長い冬を越すにたえない
きょうで終り今生の別れとしよう

Nun bin ich manche Stunde
Entfernt von jenem Ort,
Und immer hör' ich's rauschen:
Du fändest Ruhe dort!

(5. Der Lindenbaum)

＊シューベルトの歌曲「冬の旅」、詩はヴィルヘルム・ミュラー

〜蝶よ〜　花よ〜

昨春、二月下旬、法要で大野に帰省。その折に三百年以上の歴史がある隣町勝山の左義長《さぎちょう》祭へ行った。左義長は、ふつうは小正月の行事で、炎の中に正月の飾りや門松、〆縄、書き初め習字ほかを投じて焼く、五穀豊穣の祭祀。しかし当地では二月最終週末を祭日とする。祭の話で座が湧いた。雪国の青洟垂れにはそれは冬一番の娯楽でこそあった。ほんとおもしぇ（面白）かったのう。えっぺい（いっぱい）山車《だし》がでてのう。のうのうと山ガキに戻ったよう、うらもあした勝山へでも行こうかのう。となんでそんな即行で決りとなったか。ときにふいとある小説が浮かんだからだ。コミさん、田中小実昌「香具師《やし》の旅」、がそれだ。これがわが大野が主舞台となり、なんとこの左義長をもって大団円をむかえる、という面白い御当地ものとくる。

昭和二十四年五月から翌年四月まで、コミさんは、香具師の一行にまじり、いまだ新参の引っ張り込み易者《パリコミロクマ》として、北陸各地を転々としている。ところがその旅は辛くあるばかり。どうにも商売《バイ》がかんばしくないまま月日がすぎる。するうちにたちまち雪が降りしきるときがきた。「それまで、表日本の、しかも雪のすくないところにしか住んだことのないぼくは、あきれてしまい、腹がたち、こんなことがあっていいのか(あり得ることなのか)とおもった」。それなのに神仏に見放されたさま。「雪に追われるように、福井から奥にはいり、勝山、大野と……逆に、雪が深い山のなかに逃げこんでいく」。というわからない真逆な事態になっていくいっぽう。「ぼくたちは、福井からずっとずっと山のなかにはいった大野の町で正月《ガツ》をむかえた。／大野は雪のおおい、しずかな町だ。ともかく、商売《バイ》にはむかない。ぼくたちは、文字通り雪にとじこめられて、この町の生れの竹さんというテキヤのところで、ゴロゴロしていた」

というところでコミさんといえばそう、やっぱりこんなシーンがよみがえるのだ。ここにご登場される「竹さん」。じつはこの人がわが生家の裏の通り五〇メートル先に住むおかただ。このオヤッさん、拙酒舗の上得意、なのであった。でなんとコミさん使い走りついで、よくわが店に酒を買いにみえ、きまって立ち飲みされたとか。ところで小生はコミさんと新宿ゴールデン街の赤提灯でしばしば相席して顔見知りのなか。あるときこちらがふと、大野の出で「竹さん」の本名を告げると驚き仰天、ビックラしたよときた。こちらはそれを銘記しているのだ。そのときにはっきりと、「ぼく、あんたがずっと幼かったときに会ったことがある、かも」、といわれたことがある。あるいはじっさいのはなし店先で遊ぶ青洟の額にデコピンでもされたか。そうしてそんな優しく頭を撫でられたものか。

真っ白い白山の頂が煙る。「雪がひどいと、ここが終点の福井に行く電車もとまった。商売《バイ》をしようにも、材料《ネタ》もないし、雪の底だ」。そんなこんなで最後のたのみがそう。勝山左義長の高市《たかまち》（祭日）だ。勝山も大野も山奥。「雪の底」にへばりつく機屋さんだらけの鄙の町。ガチャ、ガチャ……、通りのどこからも機織りのせわしない音、ガチャ、ガチャ……。長い冬場最大の祭。村々から大勢御客様《カモサン》が顔見せる。一番稼ぎの大番日。コミさんは、だけど「着たっきり雀で、寝るときまで着て、雪が降っても着ていた」夏物の借着の上布の「キモノのすそがボロボロにきれて、若布《わかめ》をぶらさげたような」ありさま。むろんハカマもない。「こんなカッコでは、乞食はできても、易者《ロクマ》はできない」。そこで地べたにゴザをしき、リンゴ箱をぶったたいて「ヒツジ（ちり紙）」の「バサ（タタキ売り）」をする。「それで、汽車賃《ノリナマ》をこしらえて、ともかく東京《ドエ》にかえろう」。というのでヒツジをこう、「ふんわりたてに折って（おさえつけて折っちゃいけない）紙テープをまき、さも厚いちり紙束のように見せかけ、……、ヒイ、フウ、ミイ、ヨウ、十二帖おまけに京花のすべっこいのまでそえて、三百円といいたいところ、待った、あわてる乞食はもらいが少ない」、なんてバサをするのだ。だがそこに雪が舞うのったら。ひもじいのったらない。すべもなく寒く凍えきるきり。「三で死んだか、三島のお仙。お仙ばかりが女じゃないよ。三十三歳、女の大厄《やく》。サンザン苦労するっていうのはエンギがわるいので……。／もうひとつオマケで、四つにしよう。四角四面はトウフ屋の娘。色は白いが、水くさい。／それで、もひとつ、オマケついでの、添えついで……」。なんぞとはりあげるその声もしゃがれがち。雪は降りつのるばかりで、誰も脚をとめてくれない。〽蝶よ～　花よ～……。打ち手が浮く。だけどヒツジは捌けないのだ。片付けるほかない。もはやバサの場をはなれよう。撤退するしかない。踊り手が浮く。〽よう浮く～　よう浮く～……。

――それはさて今回、当日はどうだか……。どういうことなのだ。わたしらガキらが夢中になった、どこか後ろ暗そうな、あれらの一統さんはといったら。どうしてしまった。いうところの、その筋の者らは、ひとりたりとも。リンゴ箱をぶったたいてバサするコミさんの姿はさて。十三代目荒木又衛門も、蛇遣いに易断、元祖立山快癒堂本舗も……。立派に擂《す》り粉木《こぎ》の男根が束子《たわし》の女陰に刺さった作り物もなければ、「山甚よガチャガチャで　肥やした銭　女工に返せ」とやけな絵行灯《あんどん》もむろん。屋台には「清潔で安全、手洗い実行」なる看板。ドクドクしくも、ないエロでもグロでも、イカモノくさくも。どくしょな（ひどい）！　だちゃかん（だめだ）！　〽蝶よ～　花よ～……。だってそんな浮き太鼓も空々しく寒々しい曇天に吸われるぐあい。〽よう浮く～　よう浮く～……。なんてもう、ドンド焼きも見ずに帰るほか、なかったと。白山は真っ黒な雲の最中……。年末のネット記事にあった。
――勝山左義長まつり　二〇二一年大幅縮小　コロナ影響　浮き太鼓中止し神事のみ

〽蝶よ～　花よ～　花よのネンネ～
まだ乳飲むか～　乳首はなせ～　乳首はなせ～

ドンツクドンツク、ピィヒャラピィヒャラ
通りには時世風刺の狂歌、ポンチ絵の絵行灯
店先には干支など、雑貨を使った俄《にわか》的な作り物
町内の十二区の山車、総出で競い合う
勝山左義長まつり、入母屋造り二階建ての櫓の上

〽そら浮け～　もっと浮け～　横町のはにゃめは～
よう浮く～　よう浮く～

揃いの法被に捻り鉢巻き、赤襦袢の若衆らもいて
打ち手さんざめき、踊り手はねつづく
アネさんらの嬌声が、ガキどもの囃子が
三味線に篠笛に鉦、打ち浮かれ踊る浮き太鼓
ピィヒャラピィヒャラ、ドンツクドンツク

〽蝶よ～　花よ～　花よのネンネ～
まだ乳飲むか～　乳首はなせ～　乳首はなせ～

II 遊山遊詠

石塊

我は石を礼するものなり　「裸体と石」小川芋銭

こんなにも実在し、完璧に／ここにある。これは
「石についての随想」ヘイデン・カルース
訳・沢崎順之助　D・W・ライト

石塊である、べつにどこもこれと、変哲もない。珍重なるものでも、由緒あるものでも、格別なんでもない。むろんもちろん希少な逸品なんかではない。どこでもそこらに転がっている類のやつでしかない。まるで色形や模様に特色もない。でこいつが何石というのか。そんなまったく調べるほどのものでもなければ知るはずとてない。なんでもない磧《かわら》にごろごろとある石というほかない。まんまるでもなく、がちがちでもな

い。もっともらしくいうなら、昔の田舎の生家の漬け物石、そこいらがふさわしいか。どうということもない、ただもう、ずんぐりとしている。それでもって大きさは当方の頭蓋より一回りほど余るでかさだか。計ったことがないが重さはたぶん九キロぐらいか。くわえるに一キロほどあるか。しかしなんでこんなものが、おかしな銘石もどきが、おいでになられるのだろう。

あれはたしかそう、十余年まえの正月明けすぎ奥多摩、そのどこだったか。どうしてそんなときに山へひとりで入っていったものだろう。そしてぶつくさと山から駅へと降りてきたのである。だがそれが駅に近づくにつれ急に脚がしぶった。でもって何の気なしに磧へ降りている。重いシューズを脱いで、まさにこの一瞬がいっとう山遊びのうちで仕合わせなとき、臭いソックスを乾かす。というのは夏のはなし。それどころかこのときは晴れとはいえ白いものがちらほらとする。もうひどい寒さだった。かじかんだ掌をもんで、風よけの石にかがみ、がたがたと震えていた。そうしてつぎつぎに想起しやまないことどもを、そんな小学時の幻灯機まがい、あっちからこっちへ早送りするようにしていた。いったいここからどれほど離れているのだろう。これからこの流れに俯せ河口のほうへ、土左衛門、みたくに十指を開き下ってゆくとする。そうしたとしてもそんなに遠くないのでないか。そこに帰ろう、わが街がある。かれこれしないうちに街の灯が点り瞬きはじめることだろう。そこに憩おう、わが家がある。そしてそこの主の帰りを待つ小さい明かり一つがぽつんと。

どうすべえ。いまごろ乗っているべき、一つまえの、電車が山間を縫いトンネルを抜けてピーッと橋桁を汽笛も高く、ごとんごとん渡ってゆく、急がなくちゃ。はよせんと。なんてひとりごちながら、どれぐらい茫然自失ぐずぐずと、そうしていたものだろう。でもってほんとやっとこ頭を抜くようにしている。ときになんとなしこいつが目に入っていたのである。そうだあれがいい、とどうしてそんな心持ちになったものか。突然スイッチが入ったのか皆目、われながらわけも心理もわからないのだ、まったくぜんぜん。でそれをザックにねじこんで、せいのよっこらしょと背負っておいでになったと、そういうしだいなのである。まあそんなのでこんな、ばかげた石塊がここにこうして鎮座まします、ことになったしだいだと。

まずはこちらの居場所は書斎兼寝室の四畳半というのである。もうとんでもなく手狭もよろしいのである。そこにきてゴミ部屋そのもの、いきなり山積みの本や箱や袋が雪崩れ落ちてきて、あやうく圧死せんというざま。そんなところにこんな得体のしれぬ邪魔なものが存在してござるのである。ほんとうじっさい幾度となく捨てに行こうと決意したものだろう。えいやっとザックに詰めて玄関に置いてもいるのだ。それなのにどういう機制が作用することなのだろう。これがどうにも実行するにしのびなく、きょうまでずっと放置してきたまま。またもやおいでになる場所に居座りなさっていると。でもってぼうっとして心ここにあらずというのか。なんだかこのところ気もそぞろになってしまいがち。そんなときなどなんとなしそこへ目が行くようなことがある。するとどういうぐあいかもう目を反らせなくなっているのである。なんでもなげな石塊のうちのどこに、いおうにいわれない、わけがわからぬ引力があるものか。

石＝無生物。「【無生物】生活機能を持たないものの総称。↕生物」（広辞苑）。そんな石に命がある？　ありうるはずはないのである。だがどうしてそうであるのか。石は生きている！　いやほんとにそうであるふし。石は笑いもする！　どういったらわかるだろう。ときとするとこちらのことを笑っているのではないかと、そのようにみえたりするのは頭がおかしいからだろうか。こいつはこの石塊はというと、おまえのことなど見通しておいでだ。それどころかはじめから、おまえなどに気はない、だいたいまったくなんて、せせら笑っているのだ。だけどそうみられて当然あたりまえのはなし、いやほんとうぜったい間違ってはいないのだ。誤りでない、正しくある？　なんぞといまこいつから背を向けたままなのに。ぼうっと感じるともなく感じている。こんなふうにひそかに笑う声をそれとおかしく。――手前は、不良品《おしやか》よ……　――不良品な、手前は……

なんでこんな解らないものを祀っているのか

銘石どころかどこにでも転がっているだけの石塊
人の頭より大きめで重さ約九キロ

あれはいつどこの山の帰りであったろう
降りたった磧でかじかみ震えていて目にとまった
でもってこれで何をいたさんとして

よっこらしょと背負ってきたものやら
ともかくも壁際の隅っこの文机に置くことにした
それからどんーと鎮座ましますところ

おぼえずそれに視線がいっていたりして
ともうどうしても目が離せなくなるようなしだい
へろへろと腹かわを皺よせているのだ

みよこいつのこの充溢度をしかとみてみよ
ぜんたい手前などは造物主さまの設計ミスもいい
ほんとまったき不良品よろしくないか

不明氏

どこでもいい、ふつうに山を下っていく、するとどうだ。ごくあたりまえに径を辿ってゆけば、そもそも径のつけられ方からして、しぜんとどこかの渓に沿うことになる。ゆくほどにきまって川と出くわしているのである。でそこがどこにでもある、緑を背負い、淵は青く、岩を縫い、流れ迸る、そのようなところというか。ごくごく、ありきたりな特別どうということもない出会いらしければ、よろしい。もちろん川と会ったなら、いちもくさんに磧に下りているのである。それをとっても楽しみにしていて、山ときたらそう、川というしだい、ここぞとばかり憩うことにしている。いっぱい汗を流してきた、きくまでもなく脚は休めよといっている。

ステッキを放る。嬉しくなって小走りになってしまって、重たいザックを背からずり落とすいきおい、息があがって水辺にへたりこんでいる。シャツを脱ぐ。がらがらと口をすすぐ。顔を拭う。頭を洗う。ごしごしと膚をこする。そうしてしばらく息をついてどうする。つぎには背をあずけるにほどよい、たとえばあの髭のダリの画をしのばせる、やわらかげにくぼむ石をさがす。よろしければそれに凭れかかっている。やっとほっと人心地というぐあい。しばらく飲み残しのあれを、やろうと気付け薬代わりにする、ズブロッカを舌に舐めている。

これこそわが山宴《やまうたげ》なるものよと。つまみともいえぬ食べ残しや携行食の豆や塩こぶやなにやかや。それがいじきたなくも美味いのったらもう。バカである。そんな、飲んでも死ぬ、飲まずとも死ぬ、なんて。アホなりだ。ひどく眩しくある。いったいぜんたいあの台風、災禍はなんであったのか。ここにきてなんとも一転、日照りつづきというのだ。かんかん照りもいい。そのために水量は少なめかげんで、こころもち川幅は狭くなっている。ちょっとばかし濁流の流木や土砂の痕跡らしきがあるが。

淵も涼しげ、渦も巻かず浅く緩く、岩を舐める。人の声でいうならば、呟き囁きのほどよさ。囀りかえすほどに、穏やかなのである。

このまま息絶えていけたら、こうして不感無覚ぼうっと、それこそ極楽なのになあと、どうしてか脈絡ないのったら、たまたま目にとどめた三週間前だかのテレビが報じていた、そのことが想起されているのだ。台風一過してどれほどか、このさきの奥も深くの渓から押し流されてきた、滑落川流れさんがいた。がそれにしてもあれは、とその一齣そしてまた一齣とつぎつぎ齣送りする、ようにしているのだ。雨がざぁーざぁーと降りしきる、風がびゅーびゅーと吹きまくる、猛烈なひどい攪拌のなかを、踏ん張ろうにも踏ん張りがいない。右へよれるかと左へあおられと。パラパラ漫画を繰るように。

するうちに、じょじょに陽がななめに、なっている。そこにきて、いいかげん酔っぱらった、みたくある。こらえようなく瞼が下りてきてならぬ、あーっ、滑落！　あーっ、とかいうぐあい眠り入っていたくなる。そうしてそっくり、そのまま川流れつづけ、ぷっかりぷっかり。なんてしかしもう、尻を上げ、なければならんか。いやせっかくだからいましばらく、やさしくやわらかくダリさんの石に身をまかせておいでになられたら、というのもよろしいのでは。とかなんだかとか、瞼を擦る、ようにしているのだ。やがて月の光が青く照りだす。

——わたしは不明氏浮いてゆく……

あのとき天気はどうだ、雨は降った
降りも降ったり、四日も五日ももっと
もういいそろそろ、上がってくれよなと
半日ばかりを、曇天にするだけ

なにまだまだ、止みそうになく
また五日も六日ももっと、土砂降りも
空の底が抜けた、そんなとんでもないときに

よりによって、あのような事件があるとは

あんなべらぼうな、降りだというのに
わけがわからないあの、川流れの初老さん
ぜんたい気でも狂ったか、わざわざ
たったひとり、山へ入っていった

いったいどんなわからない、屈託なり
煩悶があってか、ではなく長雨のあまりの
たんに憂さ晴らしで、ほんとうなにが
雨襖を衝き、一歩を踏みださせた

新聞にはただこう、端折ってあった
不明氏は〈六十代半ばと、推定される
姓名ほか特定する、遺留物などは

なに一つなく、手掛かりなし〉
――ぷっかり不明氏浮いてゆく……

火取虫

けさにかぎって出掛けの空は予報通り見事に晴れわたっていた。ゆっくりといっても午後四時までには、天気も上々、気分も上々、じゅうぶん下山可能なのはあきらかだった。そうよ、楽勝、だって。それがだがどうしてなのか、いや午すぎ急に雲の流れが速く暗く危うい、そうみえはじめるとどうだ。いったいぜんたいこんな天候の激変があっていいものなのか。突然も、まったく楽勝のはずが、唐突に。ごぉーと風は吹きつのりだし、目も開けられなく顔に痛いばかりに、ざぁーと雨は降りしきるのだ。ほんとわけもなにも実際あったものではない。ときによりによって傾斜の急な長い尾根に取り付いていたのである。どこにもなんにも、身隠す岩蔭も方途、もないのだった。それどころでなく、物凄い落雷の連弾、とくるのであった。そんなのでずっと逃げ惑うようなぐあい、いのちからがら飛び込んできたのである。

とんでもなくしんから疲れきってしまっていた。雨着を脱ぐ。冷える。ウエアーも、ザックも。なんもかもぜんぶ、上から下まで、びっしょびっしょ。スパッツも、シューズも。震える。気持ち悪い。だけどほんとちょっと危ないところではあった。――こそばゆい？　いやなにやら足許のそこにいる。なんなのだ……。ヘッドライトで照らしてみる。つと光に浮かぶ、どういうかその昔に田舎の台所の隅などの、人目のとどかない暗所にひそんでいた、ひどく後肢の強い触角の長いぞっとしない、あいつ変な虫さん。カマドウマがお控えになられる。カマさんはまた汲み取り便所にもおいでだった。そのことから、ベンジョコウロギとも呼ばれていたのでは、なかったのでは。とおかしくその姿を瞼に大写しにしていた。

避難小屋。たしかにその用として建てられてはいる。しかしなんたる造りであるだろう。カップヌードルを掻きこみつつ、それとなく首をめぐらしてみる。ぐるりと四方まわり、わずかに戸口うえの嵌め殺しの明かり取り窓の二枚のほかは、ぜんぶが板壁とくる。牢獄仕様。そんなふうに毒づきたくもなってくる。まあこれじゃ気がめいってしまうよな。だけどもこの小屋がなかったら。そりゃまあ命拾いものよな。――もう誰も入って来ない？　スレート屋根を叩く雨滴がうるさい。いや急に戸を誰かが……。などとしかしなにを仰っておいでか。ゆらゆらと大きくローソクの炎がゆらめく。ほかに誰もいなければ、むろん灯りに動くのは、こちらの影でしかない。なんてちょっと頭がどうかしたか。怖気がついてしまい、冷静になれていない。

いま何時頃だか。じょじょに身の丈を縮めるローソク。いまはともあれ目をつむるほかない。眠れなくも、眠るべきと！　そうなのであるが頭がどうにも冴えかえるばかり。シュラフをもぞもぞと俯せるかと丸まったりしている。いったいあとどれほどで芯は燃え尽きることになっているか。なんぞとぜんたい何をまたぞろ思っておいでなのか。それとはなくゆらめく炎の影を瞼にむずがゆくおぼえている。そうこうするうち音の滴りぐあい、どうやら雨も止みかげんらしいか。さっきから炎のゆらめく影のゆれるさま、ずっとゆらゆらの動きにつれてなにか、なにがなにと喩えようない音がしている。いがらっぽいような鼻につく臭いもまたそれと。どうやらなんの虫か多く飛び交っているようだ。

それはいつの年だか、なぜか田舎町でやつらの大発生をみた、その夏のことだった。町中の電信柱の白熱電球をめがけ群がり飛びまわる億万匹の火取虫群の死骸……。じつに夥しすぎる、そのあんまりにも酷すぎる死、それを目の当たりにしたまだ若い母がふと、憐れんで吐くようにいったのを、いまも忘れてない。「オロカなやつやの、あれらはのう……、どくしょな（ひどい）あまんなこっちゃ（あまりなことや）、イノチおしゅうない、のやろかのう……」。そのときにわからなかったが。あれはひょっとしてふっと抑え得なくなり、海の藻屑と消えた、むろんこちらは出征写真でしかしらない、弟の面影が重なり、おぼえず口を衝いてでていたことであるのか。さてどんなものであろう。眠っていないのかいるのか、まるでそんな夢ともはたまた現ともつかなく、耳にそれととどめつづけていた。

ガリリー……、ときに雷鳴が、遠く轟いた
それがまったくもって突然ありえない、一閃
全天、まっくろに物凄くなってやまなく
そこら稲光が、走り裂けた、ガリリー……

黴臭くむっとむせるよう、湿り重く
どんよりとよどんだ空気、ヘッドライトの光
何なのかとカマドウマ？　四囲ぼっとけむらせ
青い炎を、ゆらめかすローソク一本

いま避難小屋にいる、ひんやりした平屋
スレート葺き、およそ四間四方の木造
薄暗い土間を仕切った、コの字形に三辺
板間のそこに、ひとり緊急避難して

眠っていて眠っていない、いったいと
みるとなんと揺らぐ炎をめがけ、飛び込み
翅を焼き、むごくも蠟の涙にもがき
おだぶつ、音がするその音がずっと

ジジーッ……、鱗粉をふって、そいつが
いま焼け焦げてしばらく、一匹そうして待つと
なく待っていると一匹、またもや飛び込んだ
やつが、炭化してゆく、ジジーッ……

春駒

わたしら遊山《ゆうざん》の徒にとっては、地べたじゃ味わえない、よろしい四季の楽しみがある。春の若草、夏の瀑浴《たきあび》、秋の錦繍《きんしゅう》、冬の氷雪。とってきの新年であるがそう、春駒遊山、これをもって幕開けとしている。春駒とは、前代には諸国に広く見られた、農耕や養蚕を予祝する萬歳や獅子舞と同様（いまそれらの多くはすでに亡びはててない）、正月の門付け芸の一つだ。家々を回り戸口に立ち、作り物の駒の背に跨がり、首を振り歌い踊りし、金銭やお布施を受け取る。現今、春駒が残存するのは、当地と佐渡のみという。ほんとに貴重で有難いものだ。

黒川鶏冠山《くろかわけいかんざん》（一七〇〇メートル）。奥秩父山塊は大菩薩連嶺に位置する、多摩川源流の一峰。戦国時代にその山腹にあった黒川金山。ここでは武田氏の金山衆が金の採掘を行うこと、山域いったい「黒川千軒」と呼ばれて殷賑をきわめた。金山衆はというと、金を掘る特殊能力の持ち主であれば、祝人《ほぎびと》に連なる性格を有し、新年を寿ぐ春駒を行う、往古から畏敬される存在だった。しかしながら時が下るにつれてその才能を活かすべき鉱山は廃坑となり集落の多くがつぎつぎと山を降りるにいたる。なるほどこれは産業構造の歴史的変遷とみられよう。いったいどれほど多く諸国に金山伝承や哀話が遺っていることか。

だけども金山の近くに最後まで踏み留まり荒蕪の地を開拓して生き延びた集落があった。一之瀬高橋地区（現、甲州市塩山）である。春駒は、かくしてここを切り拓いた衆らによって、ひそかに子から孫へと伝えられてきた。飢饉や疫病や崖崩れなどに毎年のように見舞われる標高一〇〇〇メートル以上の狭隘な山間の僻地。それだけに春駒行事の継承は集落全体の宿望だったろう。春駒は、住民をひとつにする心のよりどころとして脈々とつづいてきた。昭和三〇年代までは炭焼きが主要な生業で、製炭組合が道祖神祭りや春駒の運営にも大きく関わっていた。だが組合解散以来、村外への人口流出が加速し、過疎化が進んだ。昭和末年まで連続した春駒であるが、平成元年を最後に途絶している。

それから二十年のときをへた。平成二十年四月、山を降りた一之瀬高橋の一統とその子息らにより、集落から離れた市街地を拠点に活動を再開、復活に力を注いできた。春駒は、その努力の結果、現在は毎年、きまって塩山駅前は甘草《かんぞう》屋敷（重要文化財、旧高野家住宅）を会場に披露されている。当家は、江戸時代後期、薬用植物の甘草を栽培して幕府に納めていた。主屋は、茅葺型銅板葺で、切妻屋根の前面上部に二段の突き上げ屋根を構える三階構造の大御屋敷。そして祭りの夕べには、主屋の座敷では馬子役を先導に、馬役が馬踊り、前庭では笛が吹かれ、鉦が叩かれ、太鼓が響き、木遣り唄が歌われる。しばらくシャチ祝い（寄進の読み上げ）があり、わたしら客の列に御神酒の杯が回ってくる。身体が火照る。カミタテ（神立て）と呼ばれる、ヤナギ状の飾りのザシ（万灯）が振られる。

ときにしみじみ心動かされるのはそう、その末裔さんたちご一統、面々みなさんの陽気ぶり、まったくもって底抜けのもてなしよう。世話焼きおやじや、若衆、親子、接待役のおばあや。まあこれがほんと毎度ご機嫌なのったらない。クライマックスはドンド焼き。新年も祭が無事に終わったことを神に感謝し、楢の木や青竹を組み上げ、各戸から持ち寄った〆縄、門松、御札、松飾りなどを積み重ね点火し、どんどんと焚くドンド焼き。いやはやなんと豪華な火勢であることったら。シャンシャン、シャンシャン……。いよいよいきおいよく先導がかかげもつ万灯をゆさゆさとゆさぶる。ゆさぶられ長い枝の飾りがさわぐ。馬子が大きな掛け声を振りしぼり、はげしく綾棒であやし、馬役が駒首を振り金輪を鳴らしやまない。かぶさるように木遣り唄「弁慶」が声張り上げ歌われ駒が舞い狂いつづけるのだ。シャンシャン、シャンシャン……。

〽昔若いときゃ　黒川山で
夜も昼もと　金掘りしたが

小正月の一月十四日
甲州の山に遊んで帰りの宵
豊穣を願い災厄を払う春駒を楽しむ
われらが新春恒例行事である

黒川鶏冠山の登山口
そこから少し先のいまや住む人とてない
一之瀬高橋に伝わる道祖神祭に
祝福芸として行われる春駒

駒頭と駒尻を腰の前後に付け
乗馬姿を模して踊る女装した男児の馬役と
綾棒を回しつつ掛け声で駒をあやす
露払い役の長老の馬子と

神立てなる篠竹を割った長い枝に
幣束や御札を貼り付けた飾りを垂らす灯籠
万灯を先導にして駒は首を振りながら
手綱についた金輪をシャンシャン

やがて駒の行列は屋敷の外へでて
練り歩きドンド焼きの炎の爆ぜる空き地へと
わたしらも踊の輪に入ってやんや
やんや御神酒の一升瓶やんや

〽武田亡びて　今日このごろは
　しわくちゃ婆と　畑掘る

白狼

悼　金子兜太（二〇一八・二・二〇長逝。享年九八）

金子兜太。ごつごつとした荒く骨っぽいその句が好きだったとても。むろんその人となりもだが。ここにきてちょっとした縁あって翁とは親しくお付きあいさせていただいた。いつもお元気で磊落だった、だから訃報に言葉なくした。まだ、九十八、では？　まったくそんな亡くなる、なんて考えられなかった。でずっと心に引っ掛かっていた務めを果たすように、ふいとその朝に脚を向けていた。両神山《りょうかみさん》（一七二三メートル）。秩父山地の北端、埼玉県秩父郡小鹿野町（旧両神村）と秩父市（旧秩父郡大滝村）に跨がり聳える霊峰。その主稜は上越国境の県界尾根へと連続する。兜太は、大正八年（一九一九）九月、比企郡小川町の母はるの実家で生まれ、秩父郡皆野町の医師父元春の家で育つ。これからもこの峰こそ兜太の産土の岳なりといえよう。両神を歩くことはだからそう、そっくりそのまま、兜太を辿ることになるだろう。日向大谷《ひなたおおや》は登り口の両神山荘。玄関の柱にそれと貼られた狼の護符？　歩き出すと石の鳥居と小さな祠があり、当山を開いた観蔵行者の石像を祀る。最初に矜迦羅《こんがら》童子の丁目石の一番。このさき清滝まで三十六童子の名が刻まれた丁目石が、一丁（約一一〇メートル）ごとに据えられる。ここにまします童子らは不動明王の眷族《けんぞく》で登拝者の守護にあたるという。さきざきに多く石像や石碑が待ちかまえる。丁目石の示す、薄川《すすき》と七滝沢の合流点、会所《えしょ》を通る。して巨大な岩の間に石像が立つ八海山へと。急坂を登ると弘法の井戸。さらに急坂を清滝小屋へ。ゲゲゲゲゲゲー……、遠く響く仏法僧の啼き声、ゲゲゲゲゲゲー……。

〈秩父盆地の町・皆野《みなの》で育ったわたしは、西の空に、この台状の高山を毎日仰いでいた。いまでも、皆野町東側の山頂近い集落平草《ひらくさ》にゆき、この山を正面から眺めることが多い。／……／あの山は補陀落《ふだらく》に違いない、秩父札所三十四ヶ寺、板東三十三ヶ寺の観音さまのお住まいの山に違いない、といつの間にかおもい定めている。つまり、両神山はそんな想望とともに、わたしの日常のなかに存在しているのである〉（句集『両神』後記）

補陀落、観世音菩薩が住まわれる補陀落浄土の山、両神山。ここまでずっと目にしてきた像や碑また山に籠もる強い気からそれと感じられてならぬ。まずだいたいこの山名からして由緒ありげではないか。伊弉諾《いざなぎ》と、伊弉冉《いざなみ》と。そもそもこの二神を祀ることから両神と呼ぶといわれる。さらには龍神《りゅうかみ》（土地の者は狼を龍神と呼び崇める）を祀る山の謂なるとか。などなどと諸説があるそう。径は清滝小屋から産泰尾根に出る。切り立った断崖と、濃い緑の木々と。岩場や段差の激しい鎖場を越えて、ほぼ一時間で両神神社の本社に到着。すぐ裏手に御嶽神社の奥社あり。両社に鎮座まします、狛犬もどき、独特の風体《ふうてい》をみせる、これが山犬。ということは狼であるのだと？　しかしながら何でそんなまた？　これについておよべば往古より山犬が盗賊や火難除けの守護であるからだとされる。それはさてとして、つぎの謎めいた句これを、いかにみられよう。

語り継ぐ白狼のことわれら老いて

「白狼」？　秩父三山の両神、武甲、三峰をはじめ、広く奥秩父や奥多摩の山々に伝わる、日本武尊《やまとたけるのみこと》が東夷征伐の際に、山犬が道案内したという。ふつうにはその伝承を踏まえての一句と捉えられよう。それはそれでけっして間違いとはいえない。だがそれだけのことならば格別に兜太ではなくてもいいだろう。であるならばこの句で何を詠まんとしたものか。はたしていかがなものか、ここにある件に関わろうことを「語り継ぐ」ものとして詠み込んでこそいる、そのようにみられないか。それはというと、秩父事件、そのことである。明治十七年（一八八四）、十月三十一日から十一月九日にかけて、秩父郡の農民が政府に対して負債の延納、雑税の減少などを求めて起こした武装蜂起事件。隣接する群馬、長野両県の町村にも波及した、数千人規模の一大騒動。じつにそれはもう広大な山域の一帯におよんでいるのだ。いまその頂に立ち西の空へ向かい思いいたす。いやほんとう両神山であるがどうだろう、荒々しく骨張った、まあそっくり兜太句そのものではないか。兜太は、あるいはときにそれと山峡を駈け巡る困民党や自由党員らの群を導く山犬をのぞんだのであろう。兜太は、死して生った、白狼と！　それはしかし、いつかのあの約束はどうなった、ものでしょう。

両神山の肩打つ時雨お降りなり
両神山は補陀落初日沈むところ

兜太さんが逝った年の夏のある一日
故人の産土の岳へ遊んで霊を偲んできた
山頂に立つ首の上の無い石仏
無残な廃仏毀釈の狂信盲動の刃跡
うちの一つに掌を合わせ低く呟いていた
兜太さん約束が違うじゃないですか

長寿の母うんこのようにわれを産みぬ
夏の山国母いてわれを与太《よた》と言う

俺を「うんこのように」産んで
「与太」だなんて糞味噌にほざいた
なんとその母は一〇四歳まで生きたものだ
だがそれより俺は長く生きてやるから
まだまだ付きあえよと迫ったでしょうが
さいていでも齢一〇四まではなあ……

おおかみを龍神《りゅうかみ》と呼ぶ山の民
狼生く無時間を生きて咆哮

歯朶

しだのことをはなそう。
ほかに、話すこともないから。

「歯朶」金子光晴

シダが好きである。ついてはさきにも、その熱い想いを、ものしたほどに。* シダに狂っている。シダの葉のした、そこに仰向けになって観察したら、シダの凄いこと！ いったいどのように形容したらいいものか。ぎざぎざに羽状に裂けたなんという、それこそジュラ紀の大恐竜が走る地を蔽う巨大植物みたいなぐあい、そんなふうに垂れる葉形のそのさま。おどろおどろしげも異様ではないだろうか。くわえるにどうにも理解不能なることとったらない。いまみている葉裏とまたその縁側にくっつく粒状のそれ。これをそう、胞膜《ほうまく》、といったか。シダは花を付けない。そのために種子がなくて胞子でもって繁殖するのらしい。なんともわからなく奇怪千万にできているとか。そうしてそのことが二億万年前から今日まで棲息可能にしたとされている。

シダはこの地球に先立ってあった。わたしら人間様などはシダと当然較べるべくもない。地球上に最初の霊長類が現れたのが六千五百万年前の昔とか。なんと新人類はというと二十万年前くらいなのだ。わたしらは未熟な新参でしかない。そんなふうに理科の時間に教えられたようである。そのつながりで嫌な生物教師が得意げにそう、ギギィーと黒板に描いた三色のチョークの、わからない絵解き繁殖図面が浮かんでいる。それにつけほんと理科は大の苦手であったなんて。みはるかすかぎり、空は真っ青に、きれいに光を透きとおす。むろんのこと、まったく人工的夾雑物ごときは、ありっこない。

静かである。なんだかジュラ紀的ではないが、そんなどういうか不感にして無覚みたくそれこそ、ありえないことにも脳死したか没後であるように、それほども寂寞としてあるさま。静かすぎる。それはしかし、空耳、かもしれない。だけどどこかで水が湧きでもするか、ひょっとすると背中の腐蝕土の真下かそこらあたり、ちょろちょろと細く流れるのらしい。それもだけど、どうも幻聴っぽく、あるようだが。いやなんというそんな、三途の川、であったりするかなんて。

背中がちょっと濡れてきた。いつのまにか鳥の声が消えているのだ。さっきまで風はなかった。だがどうか、それと少し吹くよう、そよっと。とゆらりと葉がゆらめく。どこやらに鳥は飛び去ってしまったか。背中のシートを敷きなおす。そんなぷっと吹きだしそう。そよぐたびに葉の先がざらと、えぐいような匂いむずがゆく、くすぐったく眉と瞼をなでる。いやどうにも堪えられないわ。これはどういうことか。いまこうしてひとり児戯まがいに、よくやった誰かを愕かせたくて息が止めるぐあい死んだ者のふりして、ひっそり瞑目するようにしている。まあへんてこなぐあい。

こうして、いまこのとき、シダと一緒にいる、ひとりで、ないのである。そこでこんなことを考えたりしている。はたしていちばん、のぞましい終焉というとどうか、どのようなものか。シダの葉に埋まって、ひっそりと息を引き取っていって、シダの根に這われる。そうしてそのまま、だんだんと亡骸めいてゆくのが、ぜったいいいはず。であればそのように逝きたいものよと。このあといかほどかすれば、まずは腐敗、つぎには白骨化しつづけ、さいご分解、というはこびとなってゆく。そんなふうにきれいさっぱり一巻の終わりとなったら。

いずれほどなくわが身ははかなくなっている。それどころか、ありうることだが人間がばたばた、あえなく文明もろとも、ことごとく死滅しはてていると、しかしどうだ。ことシダにかぎっては生きつづけているのである。エッヘン……、といかめしげに咳払いなどしてみる、エッヘン……。なんてそして笑うとなく、へらへらと腹の皮をくぼませ、おかしく吹いているのだ。おなら、でちゃったりして猛烈にくさいやつ、だとか。かくしてよしなく狂歌まがいをひとつ、さらばさいごに露命をはつるのだと。へゝゝゝ　へゝゝゝゝゝ　へゝゝゝへゝゝゝゝゝ
へゝゝゝゝゝ……。

＊「シダ（歯朶）」（『嬉遊曲』）

シダ？　ふっとその群れに出くわすと
わけもなく待たれていたと嬉しくなって
ふらふらとその根方のそこらに腰下ろしたり
そんなもう胸のつかえがすっと下りるよう
よろしく心が遠くなっていく、シダ！

いったいどうしてなのかわたしには
そいつがどうにも気になってならない
そこらを理解がゆくようには説明できないが
だがほんとじっさい憑かれてしまっている
というのかちょっとおかしいのである

いわずもがなだがあえていおう
シダはむろんどうみても人間などとは

まったく全体別物一切合切無縁なるはなし
いかなる関係もなくシダでしかない
であればへんなしだいでないのか

などとなにをいっておいでなのかと
いぶかるもいつもとおなじがまんならなく
シダの傍らザックを枕にゴロンと横になったり
しているのだというのだからいかれている
いやどうにかなってしまっている

なんとなし湿気た気色悪いごわごわ
そこにぼっと身を委ね仰向けてじっと
おのれはお伽噺の一寸法師の化身なるぞと
ひとしきり祈念し力を抜いているといい
ごわごわの腐蝕土の感触がなんとも

グル、グウ、グル……、ただときおり
空の高く輪をかくらしいあれは始祖鳥では
などとへんに逆回転している脳天気ぶりおかしく
まあ奇天烈にもおそろしげなる鳥の鳴き声
それがとどく、グウ、グル、グウ……

薄

何ごとも招き果てたる薄哉　　松尾芭蕉

ここにきてほんとう春夏秋、悪疫猖獗《コロナしょうけつ》、九ヶ月にもわたってである。まったくなにも手に付かなく肩を落として日が過ぎるにまかせた。考えるなにもかもすべて、先がないようで、暗くとめどなく、面もあげられないぐあい。一日じゅうこもりっぱなし、滅入りこんでしまうしまつ。気持ちをもちあげようにも、何事もできなくないったら。為すことのことごとくすべて、取りかえしがつかないかぎり。じりじりとするばかり、いやもう我慢ならなくなり当日、早朝ひっそりと出掛けている、そうしていたのである。最寄り駅からかなり遠くのほうを走る私鉄。沿線のその小駅より地域バスでゆく地図にも名前もない山域。あれはいつの暮の秋であろう、よく登る峰の下山路を誤り作業道へ入り降りて、たまたま目の当りにしていた。なんとそこらいったい裾野に拡がった、ススキ群に魅了されたものだからだ。でそこがいったい東京ドーム幾個ぶんの面積ぐらいであるか。もっともよく人に知られる箱根の仙石原や十国峠の名勝とはほど遠い小ささだろうが。そこがそうよほど、天の邪鬼の好み、よろしかったのだ。

晩秋から冬枯れの季節。剣状で鋭く細い鋸の歯を並べる一メートルから三メートルも達する葉、一五センチから四〇センチの長さの黄褐色や紫褐色の尾花とも呼ばれる花穂。それらじつにもう夥しい群のどれもみんな盛りをはたして頭たれ枯れつくしたるさま。なんとも形容しようにできない物寂しさの、きわまる情景をみたさ。きょうまでたびたびここの原への径をぼうっとひとりたどっている。そんなときにバカっぽく、♪花さえも咲かぬ……、♪苦しみに耐える……、なんてうなったりして。だからぜったい間違えようがないはず。それがちょっと大変なことになった。いやなんとも踏み迷ったのだ。というか径が無くなっていた。まったくもって二進も三進もいかないよう。さきざきで立ち往生引っ返すありさま。同じいなのだ、埒があかない。なんてなんだかそんな万事休すだとか迷路遊びでもあるまいというのに。

どこからどう入ったものか、なににそんな気がいっていて、しらずうち進んでいたやら。やはりいうならば、悪疫猖獗、そのせいなどでは。でもってこんなわからぬ事態にまで見舞われたりすることに。だいたいここはもともと長年放置された荒蕪山地でしかないのである。でひょっとしてこの年はじめあたりから、こんなところなんか歩いていないのでは、こちらのほか誰ひとりとして。でもってはびこるこいつらの群に恣《ほしいまま》に蔽われていつとなく、じつにじっさい自然は猛々しくあるあかし、それらしくあった踏み跡が消えてしまったのではないのか。泣きたいような、笑いたいような。ほんといずれのかたを選び前に進んでいけばいいのか。淋しいかさりかさりという音。目を凝らしてみる陽の翳はぼやけて。うるんだようにみえるだけ。♪花さえも……、♪苦しみに……、だって喚き叫ぼうが声は届かない。きのうの晩みた夢さながら。

雲は赤くたれこめ重くるしく、風は止むかとみせ吹きつのる。脚無き幽霊さながら足音が弱々しいよう。なんとなしそんなまるで、ハイコントラスト臨死脳内モンタージュショット、でもみせられているように。山々の輪郭はくずれ凹凸が蛇腹なるふう。おかしいのであるとても支離滅裂わけがわからないまま。そんなほどなく、わたしも死ぬるのか、言葉を吐こうにも、意味を成しえなく、じっさい死ぬるのか、いったいなんて。どういったらいい疲労困憊ただどうにもへんなのである。いやなんとほんとこの雁字搦めの堂々巡りの悪足掻きのはてしなさったら。なんぞとなにをしている、いまどうしていてこれから、のちのちかくあるべき老骨一個のありようそれをこそ、まさにあきらかにすべく、ここにこうしていると。項《うなじ》うなだれて、ぜんたいいかような方途がはたしてあるのか、胸むなぐるしく。

幾度目だか、たびたびこの方へと下りの途をとっている、
　片手近くは

それなのにどうかして、どこでどう迷ったものか、おぼえなくきたらしい
陽が斜めに傾く、このころ日はいっとう短くなって、陽の入りは早い

それにつけ踏んだ頂であるが、寂しく翳って、あれとも正しく指させない
なるほど釣瓶落とし、なること陽は緞帳が下りるよう、みるみる急降下する
このさきゆくほどに、暗く四囲は闇に、とざされてゆくだろうに

なんとも折悪く風が出はじめて、つめたく肌を刺し粒立てるよう
いやそんなずっとかちかちと、上歯と下歯と、かみあわ

そうにあわないこと
そこら山麓いったい、目のとどくかぎりススキ群、こん
な広大だったか
たどるべき径はどこ、立ち枯れ折れ伏し、まえを塞ぎさ
えぎり
そそけ破れて、おいでおいでと手招きする病婆さながら
にも、それと揺れる
ススキ群の空はといま、山の端へ朱を掃き、はやもう光
は没しよう

後書

本集の初出は、そのさきに季刊誌「山の本」（白山書房）に「遊山遊詠」の題で十六回（二〇一七秋～二〇二一夏）連載したものだ。収録に際しては大幅に筆をいれた。

『奥越奥話』。奥越《おくえつ》とは、裏日本は越前の狭隘な山間地。当方が産声を上げるも、やがてはやむなく見捨てることになった、いまや恩讐の彼方の地。奥《おう》話《わ》とは、彼の地の名に因む、わが造語。

言葉が作りだせるものは
いまほとんど無であるように思える
たかだか一つの調べ　一つの韻律

「当節の献辞」ヘイデン・カルース

謝辞
＊白山書房・簑浦登美雄氏。連載はじめからの長く温かいお付き合いたいへんお世話になりました。
＊アーツアンドクラフツ・小島雄氏。『嬉遊曲』（二〇〇八）、『子供の領分―遊山譜』（二〇一三）につづき三冊の詩集を上梓していただき有難うございます。
＊写真家・故井上喜代司氏。素晴らしい写真を寄せられた心優しい遊山の朋は、さる四月二日、急逝された。ここに本書を氏の御魂に捧げたい。

二〇二一年四月

正津　勉

奥《おく》越《えつ》奥《おう》話《わ》

2021年5月31日　第１版第１刷発行

著　者◆正津《しょうづ》　勉《べん》

発行人◆小島　雄
発行所◆有限会社アーツアンドクラフツ
東京都千代田区神田神保町2-7-17
〒101-0051
TEL. 03-6272-5207　FAX. 03-6272-5208
http://www.webarts.co.jp/
印刷　シナノ書籍印刷株式会社

落丁・乱丁本はお取り替えいたします。
ISBN978-4-908028-61-8　C0092